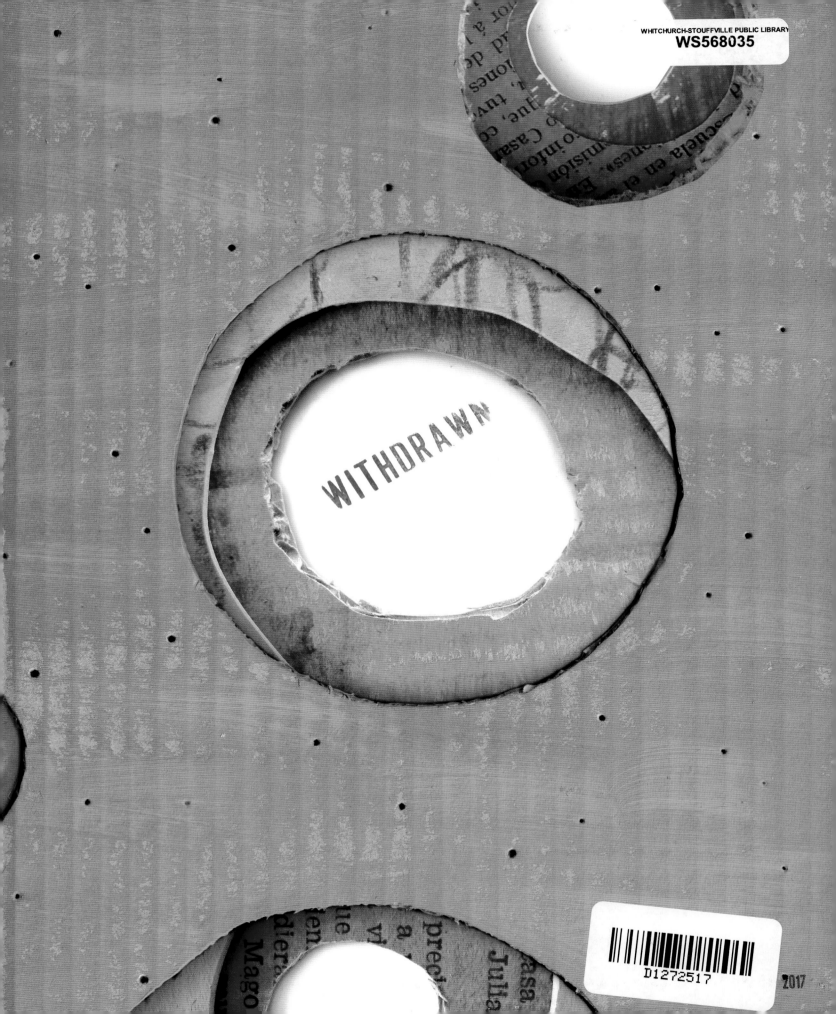

Pour toi. Pour que tu trouves ce que tu cherches.

LE VIDE

ANNA LLENAS

Les 4⣀ coups

Julia vivait avec sa famille dans une petite maison,
au cœur d'un joli village perché sur une haute colline.

Julia était une fillette comme toutes les autres.
Elle menait une vie heureuse et paisible.

Un jour, pourtant, son bonheur tranquille disparut et Julia ressentit un grand vide.

Un vide énnoooOooorrme!

Un vide par lequel passait le froid.

Un vide d'où naissaient des monstres.

Un vide qui aspirait tout.

Julia tenta de le remplir, de le boucher,
de l'effacer pour qu'il disparaisse.

Mais le vide gonflait
et grossissait encore.

Alors, un jour, Julia pensa qu'il ne lui restait plus
qu'à trouver le bouchon qui convenait.

À vrai dire, des bouchons,
il y en avait de toutes les sortes.

Il y avait de bons bouchons...

...et d'autres, bons seulement en apparence.

Il y avait des bouchons trompeurs...

et d'autres très très dangereux.

Julia avait beau chercher son bouchon,
elle ne le trouvait toujours pas.

Alors, elle s'arrêta de chercher.

Julia fut prise de vertige!

Elle chancela un peu, perdit connaissance
et tomba.

Étendue par terre, triste, Julia se mit à pleurer
un peu, beaucoup, puis à chaudes larmes et à grands cris.

Enfin, ses pleurs se calmèrent.
Julia redevint silencieuse.

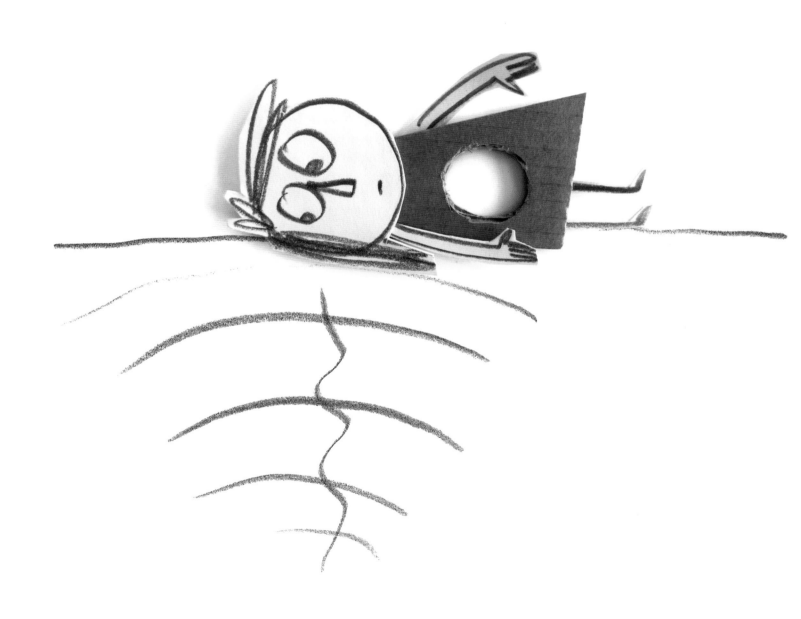

Dans le silence, une voix qui venait du sol
se fit entendre. Elle disait :
«Arrête de chercher partout et cherche à l'intérieur de toi.»

«À l'intérieur de moi?»

Commencèrent à surgir… des paroles…

... des couleurs...

...et des mélodies.

Julia vit apparaître des mondes merveilleux
qu'elle n'avait jamais imaginés.

C'était des mondes
magiques...

...qui lui donnaient une sensation d'attachement.

Julia se sentait vraiment bien,
comme à la maison.

Heureuse de cette découverte, Julia commença
à s'approcher des autres d'une manière différente.

Elle vit que les autres aussi possédaient
leurs propres mondes magiques...

...où ils voyageaient souvent
et d'où ils rapportaient de beaux cadeaux...

...qu'ils partageaient ensuite
les uns avec les autres.

C'est ainsi que, lentement, le vide de Julia
rapetissa et rapetissa...

...mais heureusement sans jamais disparaître complètement.

Ainsi, Julia pourrait toujours retourner
dans ce monde rempli de surprises.

ANNA LLENAS

Nous remercions le Conseil des arts du Canada de l'aide accordée à notre programme de publication et la SODEC pour son appui financier en vertu du Programme d'aide aux entreprises du livre et de l'édition spécialisée.

Nous reconnaissons l'aide financière du gouvernement du Canada par l'entremise du Fonds du livre du Canada (FLC) pour nos activités d'édition.

Gouvernement du Québec – Programme de crédit d'impôt pour l'édition de livres – Gestion SODEC

Les Éditions Les 400 coups sont membres de l'ANEL

© 2016 Anna Llenas
et les Éditions Les 400 coups
Montréal (Québec) Canada

Réimpression février 2017

Copyright for the Text: © 2013 Anna Llenas
Copyright for the Illustrations: © 2013 Anna Llenas
www.annallenas.com

Ce livre a été publié sous la direction de Rhéa Dufresne.
Design graphique: Bruno Ricca
Traduction: Jude Des Chênes
Correction: Marie-Andrée Dufresne

© 2015 Barbara Fiore Editora
Translation rights arranged through Garbuix Agency.
First published in Spain in Spanish and Catalan under the titles *Vacío* and *El buit* respectively.
Dépôt légal – 4e trimestre 2016
Bibliothèque et Archives nationales du Québec
Bibliothèque et Archives Canada
ISBN 978-2-89540-696-9

Catalogage avant publication de Bibliothèque et Archives nationales du Québec et Bibliothèque et Archives Canada

Llenas, Anna, 1977-
[Vacío. Français]
Le vide (Carré blanc)
Traduction de: Vacío.
Pour enfants de 7 ans et plus.
ISBN 978-2-89540-696-9
I. Des Chênes, Jude. II. Titre. III. Titre: Vacío. Français.
IV. Collection: Carré blanc.

PZ23.L53Vi 2016   j863'.7   C2016-941213-X

Financé par le
gouvernement
du Canada

hace su
pese
subvención
Por el E
del Dr. S
n lecciones
el Instit
lógica
cantos, v
co herma
ta y seis
sexos
nos
por cincu
enfermos est
ción.
ción tiene S
administrador, que lo
aya, á quien debo los datos d

nicos.
tantos
en interio
Hermano
o unas O
ento de e
y rige los
omponen
quirre, pres